낡은 일기장을 닫다

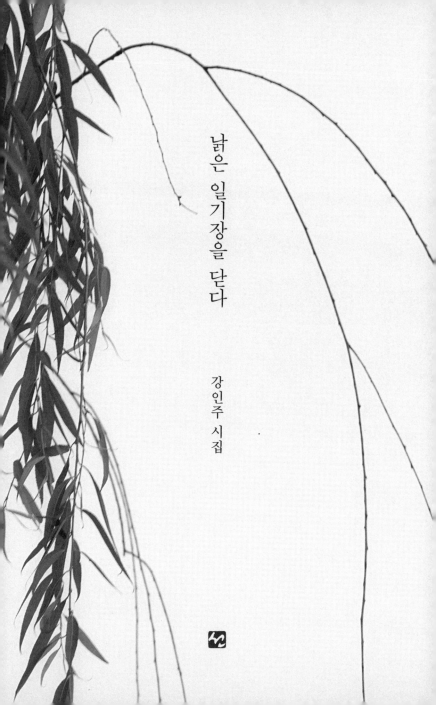

낡은 일기장을 단다

강인주 시집

시가 있어 좋았고

시를 쓸 수 있어 좋은

한 사람입니다

제가 누군가의 시를 읽으며 그러하듯

많은 분들이 제 시를 읽으며

맘 속에 감동과 치유가

일어나길 하는 바램이 있습니다

9

1

순정

하늘 붉은 울음꽃 필 때
내 수줍음은
낡은 서랍 속에 가둬두겠다
발끝부터
한 걸음 한 걸음 올라가니
오래 된 보석 같은
애처로운 몸 빛
반짝이다 지친 그 눈 빛
내 것이 되었기에 이젠 잊혀진
그 참 빛
눈부시지 않아도
내 눈물 걷어내기 충분한
둔탁한 오랜 세월 다 품고 있더라

그대,
　그 꽃 안으로 들어가며는

오색 실로 깁고 여몄던
우리의 젊은 날의 속닢이
이젠 살가운 바람에
함께 울고 웃으며 나부낀다

많은 여름이 가고
많은 네가 가고
많던 나는 한때 가장 아름다웠음을
나리는 벗꽃잎은 알아주길 바라며
함께 흩어져간다

탁자 위 맑은 물잔에는
더 이상 담을 눈물이 없다
하지만 그대
그 꽃 안으로 들어가며는
찰랑이며 일렁이는
잔잔하고 깊은 내 눈 있다

가끔 이 밤이

가끔 이 밤이 참 아름다워서
하늘 보고 그리움 그렸더니
내 맘 그 빛 물들었소
달을 보고 눈물 한방울 흘렸더니
별 부서지는 아픔 물들었소
내 속 온통 초록이던 그 시절엔
손끝 닿는곳마다
순이 돋았었듯이
내 맘의 색이 그대를
천번 만번 물들일때에
그대 하늘로 날아올라
나만의 별이 되었으면
그러면 이 밤이 늘 아름다울텐데

사과 익는 계절

햇볕이 내 눈 멀게 하고
아카시아 향 내 온몸 진동한다
늘 가득 찬 우물엔
풍만한 사과 한 알 떨어지었다
이내 붉은 사과 향 가득한
네 얼굴 떠다 올리려고
두레박줄을 내리고 또 내리다
줄 따라 끝없이 나도 함께 빠져버린다
두레박 잃은 우물은
내일도 모레도 마를 일 없기만
그러기만 하면 나는 좋겠다

빛으로 남기를

꽃이 쉬이 짐을 아쉬워 말라
그들도 늘 웃는 얼굴에
그늘이 필요하거늘
아무도 눈길 주지 않는 때엔
가끔 눈물 훔친다더라

갔거든
허무한 손짓일랑 말아라
그들도 벼랑같은 네 손끝의
흔들림에 지쳐 떠나가니

그저 온몸으로 너를 위했던
순간이 있었음에
작은 기억 하나만 남겨두기만
바랄뿐이다

빛은 빛으로
꽃은 꽃으로만 남는다

낡은 일기장을 닫다

문득 스쳐 본
거울 속 내 모습은
나라는 이름의 낡은 일기장

쓰고 닫고
쓰고 닫고
털어 넣고 닫고
외치고 닫고

아무에게도 보여주지 않으면
누구도 모를 줄 알았더니
고스란히 드러내었나 보구나

하얀 우산

그대 우산
내게 건네주며 하던 말

우리 다시
만나지 못할 날 오더라도
이 우산을 가지러
널 꼭 다시 찾을 거야

신발장 속
그 하얀 우산
버리지 못하고 우두커니

그대 기억에서 이젠 지워진
그 우산

내 삶의 오솔길 접어들 때

그대 삶의 오솔길 접어들어
맑은 시냇물 만나거든
그때는 잠시 멈추어
손 한번 담그어도 좋다
굽이치며 튀어 올랐던
그 파편들은
이제는 놓아버려도 되리라
너무 오래 머물면
손 끝 아려올지 모르니
그저 네 몸 네 맘
고요히 식어내렸거든
다시 길을 나서자

걷고 걷다가
지켜보는 눈 하나 마주한다면
지난 기억 이젠
깡그리 잊어버린들
나무랄 이 누가 있겠는가

그래도 될까요

내 오랜 외로움의 시간만큼
당신을 사랑해도 될까요

저 유리병 속에 갇힌
천 번 접은 종이학만큼
그 기다림의 시간만큼

때론 앞을 보지 못해 부딪히고
때론 막다른 길이라
되돌아온 시간만큼

힘겹게 견뎌왔던
온전히 나이지 못한
어제의 그 기나긴 날들만큼

더위에 지쳐 쓰러지고
추위에 떨어 움츠리는 거밖엔 아무것도 할
수 없었던
꺼져가는 촛불에 안타까워 눈물 흘리기만
했던
그 여리고 나약한 시간만큼

이젠 그만큼 딱 그만큼만
당신을 사랑해도 될까요

굳이 재촉하지 말자

구름이 있던 자리
비가 내리길 기다리지 말자
이미 쫓겨난 옥빛 하늘은
더 이상 눈에 담기 힘든 일이니

꽃이 피기를 재촉하지 말자
그를 품어주던 해는
이미 그늘 속 저편으로 숨어버렸으니

파도가 쓸고 간 그 모래밭
부드러움으로 마르길 기다리지 말자
이미 파도는 다시 오고 있지 않은가

별이 진 밤하늘

굳이 누군가를 위해

슬퍼하지도 서러워하지도

그리워하지도 말자

이미 너의 가슴은 다 타버리고

반짝이지 아니한지

너무 오래지 않은가

어떤 날

맘이 텅 빈 듯 슬퍼지는 날엔
바람에 고개 숙여
나를 맡기리

지천에 널린 먼지에 묻어서라도
꽃에게 돌아갈 수 있다면

숨 가쁘게 쫓아오는 시간 따윈
내 곁을 스쳐가는 이들에게나
던져줘 버릴 수 있었을까

세월은 나를 놓아버려도
너를 놓지 않은 나는
오늘도 바람에 묻어서만이
네 곁에 눕는다

꽃에게 1

나를 위해 노래를 불러주렴
나를 향해 반가이 웃어주렴

나를 위한 향기가 되어주렴
내 눈에 영원히 지워지지 않을
아름다움을 새겨주고 떠나렴

차디찬 그 가시에 찔려서라도
너를 잊지 못하도록

늙은 꽃

계절도 무심한 그 시절이면
늙은 꽃 한 송이 슬피 우는데

시인도 더 이상 그를 위해 노래하지 않고
그를 위해 뒤돌아보는 이 하나 없으니

구슬픔에 한 잎 두 잎
노을 지며 저물어가는

시든 꽃 한 송이

발자국

그대 남긴 발자국 위에
내 발 포개봅니다
행여 그대 가신 길
따라갈 수 있을까 하는 마음입니다

그대 그리며
삼켜버린 그 눈물들은
내 심장 속에
바다가 되어 흐르지만

알 길 없는 그대의 발자국은
이제 흔적조차 남기지 않고
허공으로 증발되어 버렸습니다
그대 떠난 이 밤에

무엇으로 채워야 하나요

나를 온전히 비워내어
당신이 들어올 자리를 주라 하셨지만
나로 가득 찬 내 속을
모조리 당신에게 버리라 하신 그대는

못내 기다리다 지치어
어느 날 눈 뜬 아침에
홀연히 내 곁에 더 이상
계시지 않음을 깨달았습니다

당신이 가신 뒤에야 비로소
내 속에 가득 차 있던 나마저
하나도 남기지 않고
텅 비어버렸습니다
이제 그 자리는
무엇으로 채워야 하나요

바람과 꽃잎

해가 지네요
오늘 하루도 얼마나 많은
당신이 내 곁을 스쳐 지나갔는지요

눈을 뜨며
처음 불어온 그 온기는
눈 감아도 몸속까지 파고드는
그 밤의 차가움까지
내게 남겼습니다

사람과 사람의 일
보고 듣고 나누는 일
마음과 마음의 그 일들
쉬이 오는 그 바람처럼
쉬이 갈 줄 알았습니다

별을 함께 보다

길고도 짧던 그 밤
새벽이 시샘하던 동트는 그때까지
줄곧 오고갔던 우리의 이야기들

그대 마음 닮아
신성하고 순결했던
고요의 그 세상

천국으로 들어가는 영혼 같던
저 별똥별을 따라가며
유난히 반짝이던 네 눈이

그 어떤 밝고 아름다운 별들보다
더 깊이 내 맘속에 파고 들던
아름답던 우리의 여름밤들

당신께 가는 길

끝없이 걷고 또 걸어요
님 계시는 듯 아스라한 저 끝 어딘가
그대는 수고로이 내게 오시지 마셔요

불어오는 산들바람에 내 코끝을 맡기고
푸르른 나무 사이로 비추이는 햇살에
내 눈을 맡기고
어린아이처럼 순결한 하늘에
내 마음 맡기고

뒤돌아보지 않아요
이렇게 걷는 길이 내게는 행복이니까요
그대는 수고로이 내게 오시지 마셔요

뜨거운 별

눈감고
두 손 모아 보셔요
제가 하늘의 별을 따다 드릴 게요

혹여 너무 뜨겁더라도
전혀 서둘거나 놀라지 마셔요

왜냐하면
내 가슴속엔

훨씬 더 뜨거운 별이
지금 빛나고 있는 걸요

노을 1

한입 베어 물면
단 눈물 주르르 흘리며
하얀 속내 드러낼 듯한
붉은 사과 빛 하늘

다가서면
홀연히 내 넋 앗아갈 듯
뜨거운 장미 향의 유혹

어둠에게 차마 빼앗기기 싫다고
하늘 끝 부여잡고
깊게 길게 오랫동안 남길 바라는
태양의 이글거리던 흐느낌

그리곤 이내

눈앞에서 사라져버리는

그 여운에서 헤어날 수 없던

많은 나의 날들

그대의 이름

쓰고 지우고 쓰고 또 지워도
꾸역꾸역 삼키어도 보고
먼 하늘 중에
연기처럼 날려보아도

비문처럼 새겨져 버린
그대의 이름

무엇이 두려워
그리도 가둬버린 그 기억이
물밀 듯 터져버린 어떤 날에는

걷잡을 수 없이
물들어버리는 온 세상은
그리움의 바다

겨울바다

붉은 먼지 사이로 걷고 또 걸어
또 다시 이곳에 섰습니다

경계의 공간을 삼켜버릴 듯
넘실대는 저 파도와

시간의 윤회조차 삼켜버릴 듯
흐느끼는 내 마음이
한 줌 모래로 흩어지는 곳

오래된 웃음이 이끼 되어 기생하는
저 바위에 떡하니 자리 잡고

보이지 않는 벽을 넘어 멀어졌다
다시 다가오는 저 갈매기들만이
소리 짓는 유일한 생명체

무엇이 급하여 그리도 빨리 가시었나요
무엇이 급하여 내 숨까지 삼키어 가시었나요

별이 지다

그 날이 지나간 후
한 밤 두 밤 세 밤
밤을 세어보았다

뚜벅 뚜벅
또 뚜벅 뚜벅
내 하늘의 밤을 걸어보았다

내 하늘엔 별이 없다
밤이 하늘의 것이 아니듯
별은
한 번도
내 것인 적이 없다

차라리

종이비행기 고이 접어 날려

밤의 허공 속에 나를 멈추었다

나를 위한 노래

코스모스
바람을 피해 땅에 누웠다
바위가 거울인 듯 바라보고
연보랏빛 연정을 새겼다

내리는 비의 힘을 빌어
온통 물들이기 원했건만
너무나 유약한 그 마음
흔적도 없이 사라지었다

흩어져라
버려라
태워라
온전히 썩어 없어지었다가
다시 태어나라

다음 생엔
여린 몸뚱어리 벗고
바람에 흔들리지 않는
나무기둥으로 우뚝 서라

2

사랑

달은 늘 부족하다
누군가가 베어 먹은 것일까
보름달은 난 모른다
눈 감아버렸으니까

바람은 늘 제멋대로이다
딴 데서 오고
딴 데로 간다

하늘은 늘 그대로이다
신의 변덕마저도 이기는 넓은 가슴
아무리 제멋대로인 바람도
달과 하늘을
떼어놓지 못 한다

그랬으면

그대
내 손안에 잡을 수 없다면
차라리 더 높던 시월 하늘
흐르는 구름이었으면

그대
내 귀에 듣지 못한다면
차라리 바람 머금은
낡은 파도소리였으면

그대
내 눈에 담아낼 수 없을거라면
차라리 내 눈 멀게할
순간의 섬광이었으면

그대

내 앞에 차갑게 내리시려거든

진눈깨비 되어

나에게 앉자마자

녹아내려

온전히 내 속에

스며들었으면

비 맞으러

비는
땅에 떨어질 때에 만개한다

애련한 모습 내 눈에 닿아
그대라는 꽃이 피어나듯

허공중에 흩어질 땐
그저 형체 없는 차가움인 줄 알았다

처마 끝 방울방울
눈물 되어 떨구는 때 지나서

비는 땅에 떨어질 때라야 만개한다
너는 내 아픔에 닿아서야 만개하더라

따스한 옷 챙겨 입고
비 맞으러 가자

늘 처음 같기를

그 누구도
돌아갈 길을 알려주지 않는
두 눈 가린 미지의 여정

오늘 한 걸음 내일 두 걸음
어린아이의 걸음마 만큼이나
차마 내딛기 불안한 마음일지라도

뿌옇게 내 눈 멀게 할
안개 드리워진 새벽만이
내 모든 시간을 채울지라도

벼랑 끝 아찔함 뒤로 숨긴
내 마음 홀린 저 야생화처럼

나 그대에게
늘 처음 같은 설렘과
신비로움이기를

밤

민낯 드러내던
잔인한 빛을 밀어내고
그렇게 찾아오신 긴긴 시간

이젠 땅 위에 내 모든 아픔 바라보고
포용하고 감싸 안는 큰 가슴

눈물 한 방울 한 방울마다
별빛 머금은 그대 손길
포근함으로 덮어주시니

상처 가득
헤어지고 낡아 버린 내 가슴
새로운 순이 나고
다음날 그 다음날은
다시 꽃이 되어 피어나리라

지나간 그 어떤 날보다도
더욱 붉은 꽃이 되리라

아직도 나는

아직도 가끔은
내 손 감싸던 그대 온기를 느낍니다

아직도 가끔은
입술 위 그대의 달콤함을 마십니다

아직도 가끔은
가슴 위 그대의 숨결을 덮습니다

아직도 가끔은
심장을 찌르던 그대의
차가움에 떨며 흐느낍니다

하지만

아직도 여전히 그대 꿈꾸는 밤을

나는 기다립니다

물구나무서기

슬픔이 기쁨으로
외로움이 충만함으로
차가운 그대 눈빛이
오월의 따뜻함으로
날 울리던 그대 음성이
영원히 귓가에 맴돌 거라고

마지막을 전하던 그대 입술이
내 입술 위에 뜨거움으로
식어버린 그대 심장이
내 고요를 흔들 만큼 요동치리라

떠나버린 그대 무심한 발길이
후회의 몸짓으로 되돌아 올 거라고
놓쳐버린 그대 두 손이
얼어붙은 내 손위에
온기로 포개어지도록

거꾸로 섭니다
거꾸로 바라봅니다
거꾸로 거꾸로
하지만 그대는 어디에도 없습니다
모든 것은 그대롭니다

터널에서

언젠가는 만나게 되는
두 손 맞잡은 계절과 계절처럼
내 외로움 넘겨받은
끝없는 어둠의 그곳

꽃이 피길 바란 것은
쉬 봄이 오길 바란 내 욕심일 뿐

머리카락 간지럽히는
바람 한 점 없는 그곳은
칠흑 같은 어둠만을
내 가슴에 새겨놓았다

끝이라는 희망을 뒤집어
한없이 앞만 바라보았지만
그렇게 그렇게
뒷걸음질만 제자리걸음만
칠흑 같은 어둠만
끝이 없더라

그럴 때

삶이라는 긴 그림 앞에
내 자신이 초라해질 때

어제였던 내 일상이
내일엔 다시 오지 못할까
허공의 두려움이 나를 스칠 때

내 눈앞의 사랑이
4월의 벚꽃처럼 저 바람에 흩어져
흔적없이 사라져 버릴 때

그제 비 온 대문 앞
고인 흙탕물 위에 홀로 떨어진 나뭇잎이
더 이상 오갈 데 없이
저 혼자 메말라갈 때

목마름의 이유를 찾아도 찾아도
속절없이 눈물만 흐를 때
그럴 때
그럴 때

당신은 무엇을 하나요
내가 무엇을 하길 바라시나요
무엇을 해야 하나요

저 강물처럼

돌아오는 길은 알지 못합니다
닿을 수 없는 저 높은 곳에서
흘러가는 구름처럼
아무리 움켜쥐어도
잡을 수 없는 저 바람처럼
막아도 막아도
흐르는 저 강물처럼

우리의 시간은 그렇게 흘러 흘러
돌아올 줄을 모릅니다

한때 모든 것들을
멈추게 하던 그 열정은
가슴 절절하던 그것들은
연기처럼 사라지고

또 다시 흘러만 갑니다
구름처럼 바람처럼
또 강물처럼

그는 창문을 열지 않는다

애처로이 흔들리는 촛불처럼
여리디 여린 생명력으로
오늘도 호젓이 찾아드는 그 길

고요함과 적막함이
내 귓등 어지럽히고
내 등줄기 타고 스며들어도

벽에 가득 드리워진
검은 그림자는
형체 잃은 나의 흐느낌

이미 낮 따윈 잊어버린 깊은 밤
수없이 두드리고 또 두드려도
그는 창문을 열지 않습니다
이미 그곳에 없는 까닭입니다

터널 저 끝

아득한 터널 저 끝
기억 속의 나와 너 우리는
새벽녘 들리는 물새 울음처럼
아스라한 기억 저편에 섰다

조용히 물을 가르는
노를 젓 듯이 그렇게 시절은
너와 나 우리를 갈라놓았으니
강물처럼 다시 하나가 되지 못함에

이젠 그들로

우두커니 남아있다.

기나긴 기억의 터널 저편에

기다림의 이유

하루는 길지 않다
한 달은 멀지 않다
한 해는 어렵지 않다
그대를 만나지 못했던 날들에 비하면 말이다

영원한 기다림은
이미 주어진 명제
네가 곁에 있든 없든

영원한 약속은

절대불가능의 명제

한순간도 내 것이 아니었던

그대에겐

꽃에게 2

피는 꽃에게
너는 어찌 그리도
눈이 부시니

지는 꽃에게
너는 어찌 그리도
가슴 아프니

은하수

그대 그리는 밤 하나
그대 기다리는 밤 둘
그대 꿈에서 마주하는 밤 셋
그대 사모하는 밤들

한 올 한 올 엮어서
은빛 달님께 바치오니
반짝반짝 비추이어
아스라이 별빛 내리는 이 밤하늘을
보내주셨습니다

고이고이 내 눈 속에
모두 차곡차곡 담아두었다가
그대 내게서 떠나실 때에
아낌없이 뿌려드리오리다

그대 처음 보았을 때

번뜩이던 깊은 심연 속
그를 보았습니다
내 눈 속에 가득 담기에도
벅차던 그의 상심은
얼어붙은 내 가슴을 관통하고
그를 어루만져주기 위해
뻗었던 나의 두 손은
용광로 속으로 뛰어든 쇳덩어리 마냥
그곳에 녹아 붙었습니다
그렇게 나는 이제
그대의 일부가 되었습니다

새벽의 이별

아직은 잿빛 하늘
너무 이른 깨임
의식과 무의식의 고갯길에서 묻어났던
그 달콤함을 꿀꺽 삼키고
억지로 몸속에 잡아두려
두 눈 힘껏 감아 닫는다
세상을 저 시계 유리 속에 가두면
시간을 멈출 수 있을까
시계를 세상 저 허공중에 던져버리면
그대의 시간으로 들어갈 수 있을까
이제는 신기루조차 되지 못해버린
네 떨림을 영원 속에 담아둘 수 있을까
내 이불속은 아직도
어제의 온도를 머금고 있다

빈 잔

천충만층 애써 감춘 그대 생각
달랠 방법 잊은 날엔
홀로 탁자에 마주 앉아
빈 잔 가득 담아냅니다

추억의 달콤함 한 모금
떨리는 그리움 두 모금
잊히기 아쉬운 또 한 모금

함께 부대끼던 온기는
어느새 하얀 눈꽃 날개 사뿐사뿐
먼 하늘 위로 사라지고

귓가 아스라이 울려 퍼지는
그대 향기와 찰나의 음성은
시간과 공간의 틈
그 계곡 어디메서 흔적 없이 흩어져버리고

오늘도 반쪽짜리 빈 잔 앞에
나만 홀로 덩그라니
남겨두었습니다

삶이라는 그림

비록 상처 난 내 손끝에서
피워내는 그림에도
따스함의 체온이 있었던가

한껏 움켜쥐어도
늘상 공허로 가득했다

찌르르르 온몸 떨어가며 울던 그 새가
홀연히 날아간 자리엔
지워지지 않는 투명한
낯선 그림자 하나 있다

습관이 된 눈물에도
웃음 한 가락 섞어보니
세상 모든 웃음에도
아픈 조각 없는 이는 없더라

산

누워 누워
등 언저리 힘껏 솟아 붙여도
하늘에 닿아 오르기는 어려운 일

종일 사시장철 엎드려
갖은 설움 눈물 삼켜 숨긴들
알아줄 이 과연 있을까

고개 들어보라
이미 어제의 구름은 가고
새로운 시절 왔다네

3

슬픔의 맛

기쁨의 맛은 여러가지이다
있어서 기쁘고
없어서 기쁘고
눈이 즐거우니 기쁘고
입이 즐거우니 기쁘고
몸에 가득차니 기쁘고
맘에 가득차니 기쁘고

그런데
그런데
슬픔의 맛은
내 눈물에 너무나 오래 절여진
바다보다 더 짠
네 맛
한가지 뿐이다

나와 당신

새벽비가 내 창에 그리는 그림은
당신을 닮았네요
왔다 간줄 모르고
문을 나섰다가
발끝부터 젖어온걸
아무런 준비도 없이
받아들일 뿐였습니다

밤 비가 내 창에 그리는 그림은

나를 닮았네요

하염없이 우두커니

쏟아지는 걸 바라만 보다

하얗게 지새우기만 합니다

눈물, 그리고 새벽

밤의 시작을 깨운
너는 하염없이 끝도 없이
내게 흘러내렸네

어디서부터인지
한없이 내리던 너는
내 가슴속 외침을 뒤로하고
나의 발끝까지 적시며
새벽을 불렀으니

보이지 않는 그대 그림자만 우두커니
어느새 새벽은 오고야 말았네

그렇게 눈물은

발끝부터 아침까지

흘러내리네

붉은 장미

여인의 붉은 입술처럼
뜨겁게 끓어오르는 제 마음을
보여드릴 길이 없습니다

날카로운 가시로
내 심장을 찌르면
너무나 뜨거워 녹아버릴 듯하여

차마 그러지 못하고
바라보기만 합니다

언제나 외로운 듯 향기로운 그 모습
그리고 뜨겁게 끓어오르는
나의 마음

노을 2

하늘 끝
저 머나먼 그곳에서부터
그렇게 그대는
내게 저물어 갑니다

그대
그 붉고 뜨겁게 타오르는 가슴
차마 감추지 못하시고

어제도
오늘도
또 내일도
그렇게 내게로 저물어 가시렵니다

내 눈동자 속의 그대

잊겠노라 잊고자
꾹 다물어버린 눈꺼풀 속에도
더욱 선명한 그 모습

피고 지고
또 지고 피어
마르지 않는 눈물로
끝없이 씻어내어도

사라지는 방법을 잊어버린
길 잃은 어린아이 마냥
선명히 새겨져 버린

내 눈동자 속에 고인
그대 모습

거울 속의 나에게

어디 있나요
내가 왔어요
깊은 눈 속에
기쁨 하나
슬픔 둘
외로움 셋

창밖에 바람이 불어요
내가 따뜻함이 되어줄게요
내가 뜨거운 열정이 되어줄게요

더 이상 아프지 말아요
오늘만은 그러지 말아요
오늘만은 내 눈을 바라보아요
어디 있나요

한밤의 세레나데

그리움이
이미 식어버린 창문 타고
힘겹게 떨어지는 한밤

어둠을 토로하기엔
이미 홀로 또 제각기 흩어 모여
저만치 번뜩이는 네온들

반짝이지만 이내 사라져버릴
현란한 껍데기들이라
더욱 눈물겹다

촌스런 감정들일랑
제풀에 지쳐 떨어져가라
모른 척 하였더니

네 모습 알아줄 때까지
응어리지고 딱지 앉고
붉은 피가 돌고
새 살 돋을 때까진
나를 내어줄 수 없다
그리 말하더라

야생화

허공중에 던진 미소
늘 모든 시작은
그 어떤 예고조차 없다
켜켜이 쌓아둔
발 묶인 그리움마저 던져보아도
그렇게 언젠가는 땅으로
다시 돌아오더라

바람에 누워 흩어지는 생명들
모든 마지막은
그 어떤 소리조차 없더라
늘 야생화는 밤낮없이
온실 속 꽃들보다
더욱 가늘고 여리게
볕 안고 별 안고
하얗게 부서지더라

그대
육신만이라도 땅으로 돌아오려거든
영원히 영원히 내 곁이었으면
그랬으면 싶어라

나는 행복한 사람

따스한 날 문득 길을 나서니
나를 내려다보는 맑은 하늘에서
내 어릴 적 동심을 찾고

지그시 밟히는 흙길에서
내 젊은 날의 가소롭던 갈등에
피식 미소도 지어보니

내 머리칼과 옷깃을
살랑살랑 간지럽히는 바람에
길고도 짧게 걸어온 생애
받았던 넘치던 사랑을 기억해내고

그 바람에 나를 유혹하러 온
어여쁜 꽃의 향기와
맑은 나무숲의 날숨에
나도 모르게 이끌려가서

그렇게 눈을 떠
내 곁의 그대를 볼 수 있는
나는 이미 행복한 사람

깊고 큰 사랑

깊은 밤 소녀의 기도처럼
진심을 바친다는 건
상상 그 이상으로 신성한 일

볼 빨개지던
사춘기의 수줍음 같은
어리숙한 나의 이상은

언제든 어떻게든
닿을 수 없는 미지의 세계인 것을

수천만 번 수억만 번
되새김질 후에야
비로소 깨달음이 오는것인지

수없이 꿈만 꾸던 시절엔
알지 못했던 깊고 큰 사랑
그 사랑의 열매가 무엇인지
난 아직도 알 도리가 없구나

진주귀걸이

오늘도
그대 향기에 젖어 찾아든
추억의 그 길에
쇼윈도 안에
싸구려 진주귀걸이
나도 모르게 흘러들어가
귀에 걸어봅니다

가진 것 없어도
내게 다 내어 주었던
그대의 따스한 마음
그대가 주신 첫 선물
나는 아직도 기억합니다

그리고 영원할 줄 알았던

우리의 약속 역시

셀 수 없이 수많은 날이 지났지만

아직도 생생히 기억합니다

소꿉친구

내가 하는 모든 것을
좋아하던 그 친구는
늘 내게 웃어주었지요

함께 이불 속에서 도란도란 얘기하기
함께 흙장난 물장난하기
함께 뛰며 웃고 떠들기
함께 놀다가 깜빡 손잡고 잠들기

나랑 함께 있기만 해도
즐겁다던 그 친구
나의 모든 것이 마냥 좋다던
어릴 적 소꿉친구 생각이 납니다

그렇게 나의 모든 것을 사랑해주던

오래전 그 사람이 생각납니다

같은 곳 다른 시간

유난히 별빛 쏟아지던 그 밤
그대 창문은
내 눈 멀게 한 섬광

수많은 날 수많은 밤 울리던
우리 마음의 작은 떨림들

나를 감싸던 그대 가슴은
내 온몸 마구 흔들던 진원지
시작도 방향도 없이
끝없이 일렁이던 그 흔들림

떠나던 그대의 뒷모습은
이미 꺾인 내 목에
날카로이 꽂히던 비수
비명조차 사치이던 그 순간

마치 억겁의 시간이 흐른 듯
여전히 별빛 쏟아지던
그대 창문은
내 눈 감게 한 회한

원래 없지 않은 듯

붉게 타는 내 맘
온 세상을 물들일 즈음
원래 없지 않은 듯
당신이 내게 왔습니다

사랑에 젖은 여인의
붉은 뺨 같은 가을은 가고
하늘의 축복인양
눈발 흩날리던 겨울도 가고

귓전을 간지럽히던
아기솜털 같은 그 봄도
뙤약볕 아래 맨발로 우뚝 선
헐벗은 그 여름도

원래 있지도 않은 듯
서둘러 뒷걸음치는
그 숱한 계절들이 지나고
지나고 또 지나가도

당신은 아직 내 맘에
그대로 머물러 있습니다
원래 없지 않은 듯

꽃이라는 아픔

마른 꽃에 물 주어본 적 있나요
메마른 입술에 내 입술 포갤 때
차갑던 그 배신감

마른 꽃의 향기를 맡아 본적 있나요
수증기처럼 코끝이라도 잠시
적셔주면 좋을까 싶어도

마른 꽃의 가시에 찔려본 적 있나요

아프다고 말하면

사람들이 왜 아프냐고

무엇이 그리 아프냐고

삶의 기억

어둠이 찾아간 산기슭엔
아직 빛의 따스함이
말라버린 나뭇잎 거적 덮고
깊이 숨어있습니다

어제는 누군가 밟고 갔지만
그제는 누군가
눈물 흘리기만
여러 날이었습니다

바람이 불어 불어

모두 날아오른 그날이 오면

비로소 투명한 가면이라도 쓰고

그대 앞에 나설

용기가 나게 될까요

고독

어둠은 또 다시
내 뇌 속에
회색 그림자를 드리운다

불을 켜라
오래된 라디오를 틀면
외마디 비명이 들려올까 두렵다

불을 켜라
의자에 걸쳐진 우중충한 옷가지가
내 뒤에서 나를 덮쳐올 듯
두렵다

불을 켜라
신을 준비하라
언제든 뛰쳐 도망갈 수 있게

불을 켜서 보니
여기저기 금이 간 거울 앞에서
너는
언제부터 거기서 혼자 울고 있구나

기억상실

빈 바람은 그리도 요란하다
옥상에 널어놓은 내 껍질들
마구 흔들어 뒤집어 놓았다

먼 바람은 그리도 차갑다
까칠한 내 얼굴 마음대로 뒤흔들어
표정마저 앗아갔다

사뭇 그 바람의 소리와 소리 사이엔
내가 없다
너도 없다
빈 바람은 오늘도 그렇게
재빨리 빠져나가 버렸다

4

외로운 법

나는 늘 울고 싶다
울리지 않는 전화기는
숨 멎은 듯 외로운 법이니

두고두고 울리고 울리어
모두를 깨워 앞에 마주앉는 날엔
나 적막 속 그들에게
수줍음으로 나타나고 싶다
이곳에서 오래전부터 기다려왔다고

나는 언제나
남김없이 모두 울어서
눈물처럼 사라지고 싶다

찰나의 꽃

그대 일하시는 곳 창문가
이름 없는 작은 화분에
잠시 잠깐이라도 피었다 지는
꽃이고 싶어라

그대 고개 들어
고즈넉이 상념에 잠길 때
한순간 스쳐가는 그 눈빛 속
찰나의 꽃이라도
나는 행복할 텐데

빈 하늘

냇물에 발 담그고
가만히 하늘 바라보네

어찌 한 방울도
내 곁에 머무르지 않고 비껴가는 게
세상 내 맘 같은 이
하나 없음과
너무도 닮았구나

빈 하늘에 그립다
독백 한 점 가만히 띄워 보내니
누구의 눈에
구름 되어 떠다닐까

신의 축복

가장 먼저 봄을 알리는
새순의 연둣빛처럼
네 시작이 싱그럽기를

저 호수 위에
물과 빛의 입맞춤
눈부신 반짝임처럼
네 시작이 영롱하기를

크고 작은 생명이 꿈틀대는
저 신비로운 숲속에 마주 선 듯
네 시작은 겸허하기를

나를 바라보는
한 점 티 없이 맑은 눈빛
세상에 나밖에 모르던 때처럼
네 시작이 순수하기를

언제든 어느 순간이든
거울 앞에선 네 모습을 보고
미소 지을 수 있을 만큼
네 마지막이 아름답기를

사랑할 줄 알고
사랑받을 줄도 아는
세상 가장 어여쁜 사람이 되기를

삶이란

소리 없이 젖어드는 봄비에도
온몸 내어주는 끝없는 대지와
어머니 같은 흙의 풋풋한 생기
사계절 내내 기쁨과 감격 선사하는
저 눈부신 하늘

누이의 정겨운 노랫소리와
내 치맛자락 잡아당기는
눈동자에 슬기 가득 담은 어여쁜 아기
동네아이들의 해맑은 웃음소리

낡은 소파에서 담요 덮고
책 읽다 스르르 졸고 계신 할머니의
눈송이 같이 곱고 하얀 머리칼

따뜻이 포근하게
잠자리에 드는 일
그리고 또 하나의 새로운
아침을 맞이하는 일

그대 이름

아득한 수평선 저 멀리
두고 온 그리움 찾아 헤매며
오늘도 설레는 파도처럼 다가온 바다

줄곧 넘실대는 물결에
내 가슴 속 흐르는 눈물 애써 감추고
터지는 울음 삼키며
안으로 안으로 참고 꾹 다문
그 입술로 가만히 불러보는 그대 이름

바다는 오늘도

저 혼자 넘실거리며 감싸 안아줍니다

추억조차 한 걸음 한 걸음

밀려온 파도가 삼켜버리는 모래밭에

수없이 썼다가 지워버린

그대 이름

모순

한 걸음 다가서니
두 걸음 물러납니다
붉은 꽃 보내오니
차디찬 어름 꽃 되고 말았습니다

외로움과 공허함에 옷깃 여미니
먼발치서 그저 내게 손짓하십니다

가슴 에이는 슬픔에
왜 그 안에 계신지 여쭈니
내 아픔 다 보기 위해서라 하십니다

아, 그리도 사랑마저 넘치시는 당신은
왜 제겐 늘 모자람인지
왜 제겐 언제나 목마름인지
잔인한 그대여

11월

하늘로 닿아 오르고픈
대지의 그리움을 전하듯
온통 눈을 가린 회색빛 세상에
따갑고 아프게 스며드는 저 차가움은

밟고 또 밟아
아무리 차곡차곡 누르려 해도
내리는 비가 아니면
그 누구도 달래줄 길 없습니다

누군가 물어옵니다

앞으로 다가올 그 차디찬 겨울을

견뎌낼 준비 되었냐고

따스한 봄은 과연 또 다시

찾아오는 것이냐고

후회

볼 수 있을 만큼만 창을 열었고
거둘 수 있을 만큼만 속삭이었고
겨우 닿을 만큼만 손 내밀었다

꺼지지 않을 만큼만 빛을 주었고
놓치지 않을 만큼만 잡고 있었다

가는 시간 애써 외면하였고
식어가는 체온을 눈 먼듯 방관하였으니
내게 남은 건
방울방울 고개 떨구던
그대 눈물뿐

후회만이
잿빛 흐느낌으로
내 가슴에 피어오른다

이별을 말한 날

정적의 순간
모든 사물은 정지되고
모든 흐름은 멈추어버리니

얼어버리고 굳어버리는
두 맘의 갈림길
슬픈 종착역

고요의 순간
참아내기엔 너무도 벅찬
흐느낌과 아우성

그렇게 요란한 정적이
영원을 갈라놓던
이별의 순간

소나기

예기치 않게
나를 찾아든 그대는
그렇게 온몸으로
나를 삼켜버렸다

온 힘 다해
그대를 견디어보았지만
세상을 멈출 듯
억세게 쏟아져 내려왔다

상처 입은 새의 날개처럼
소리 내지 못하는 짐승의 울부짖음처럼
한 걸음도 내딛지 못하고
그 자리에 멈춰 서버렸다

누구도 달리 갈 수 없는 길
언제든 뒤돌아볼 줄 모르던 그대

나의 꿈

나 밝은 아침이 오면
창문 활짝 열고
풀빛 머금은 그 바람의 향기에
온전히 취하고 싶어라

나 그때가 온다면
수줍게 웃는 그대 얼굴에
한 줄기 스치는 미소이고 싶어라

나 함박눈 내리는 날
순결한 내 맘같이 쌓인 눈 위에
사랑하는 그대 이름 새기고 싶어라

나 고요한 밤이 와서
그대 내 곁에 호젓이 잠들 때
잔잔히 감은 두 눈 위에
살포시 내려앉는 어둠이고 싶어라

슬픔이 내 가슴 짓누르는
삶의 시련에 지쳐 힘들 때
저 하늘로 호르르 날아오를
날개 하나 달고 싶어라

첫사랑

늘상 내려오는
따스한 햇살이었지만
그날만은 하얀 도화지에
짙은 분홍빛 꽃을 그렸습니다

그대가 나에게 오셨을 때
터져버린 그 꽃봉오리는
그 꽃잎들은
감당하지 못할 만큼
온 하늘로 날아올라
내 두 눈 멀게 하고
짙은 향기는 두 맘 적셨습니다

그렇게 흩어날린
진분홍 꽃잎들은
긴 세월에 낡고 빛바래어
어느 날 눈발로 찾아와 들판을 덮습니다
오늘 그 눈밭에 누워봅니다

기억의 물레질

굳게 여민 옷자락 밖으로
계절은 또 스쳐 지나갑니다
누가 무지개를 걸쳐놓았는지
몇 번의 가을이 지나간 건지
이젠 기억이 나지 않아요

생각의 오솔길에서
늘 지저귀던 산새 소리
비온 뒤 두 뺨 쓰다듬던 맑은 공기
부드럽게 내 머리카락 찰랑이던 바람결
하얀 도화지 소리 없이 곱게 물들이던 수채
화같던
내 청춘의 자화상은 이제
이젠 기억이 나지 않아요

반짝이던 별 한 줌 가득 따서
내 가슴 한켠에 수놓던 그 하릴없는 약속도
섬돌 위에 거꾸로 놓인 신발처럼
이제 기억이 나지 않아요

내 마음에 꽃비가
끝없이 내리던 사월 어느 날
그날 이후론
이제 기억이 나지 않아요
이제 기억을 하지 않아요

가을이 오는 하늘

내 열병이 한창일 때
붉은 봉숭아도 한없이 피었더랬다
더운 여름 아우성 치듯
뒤뜰 키 낮은 나무에 어렸었던

이젠 소녀의 손톱에
수줍게 내려앉은
그 여린 주홍빛이여

열매 맺지 못하고
꺾여버린 내 추억의 정경
높은 하늘엔
그리움을 입은 늦은 비
한창 쏟아지고나면
가을 한 점씩 떠온다더라
그렇다더라

다시 만나자

어제 동네아이들
목마타기 숨바꼭질하던 곳
오늘 오래된 가구더미 무너져 내려앉아
한 친구가 세상 떠나갔다

어제 꽃 뜯고 풀 갈아
여보 당신 소꿉놀이하던 그 골목에
오늘 보신탕집
개털 태우는 냄새 진동한다

그 날 사랑을 얘기하던
두 눈과 입술에서
이제 내 가슴 태우는
차가움이 스쳐간다

오늘은 다만
어제의 너만 보고 싶다
오늘의 나는
너에게는 보고 주고 싶지 않다

자화상

알맹이가 되려거든
서른하고도 더 넘던 시간들의
어둠을 기억하라
철저한 적막속에
나조차 누군지 몰랐던
그 시절을 잊지말라
무형의 너에게
그림자라도 잉태가능한
실상을 얻게해준
껍데기에 감사하라
깨어져 버려져도
그 또한 네 근원의 조각으로
평생 안아가야 할 벗일 것이니

사랑의 비극적 파토스와 시적 행복론
-강인주의 시세계-

이 동 순*

1

인간의 가슴엔 사랑이 들어있어서 삶의 평정
을 유지한다는 생각을 자주 하게 된다. 어쩌면
그 사랑의 본질은 땔감이나 화목 같은 성질이
아닌가 여겨지기도 한다. 사랑이라는 연료가 늘
가슴을 따뜻한 온기로 데워주기에 인간은 자신
의 일상을 안정되게 살아갈 수가 있을 것이다.

*시인. 문학평론가. 동아일보신춘문예 시(1973), 동아일보신춘문예 문학평론(1989) 당선.
시집 "개밥풀" "물의 노래" "강제이주열차" 등 20권 발간. 민족서사시 "홍범도"(전5부작10
권) 발간. 분단 이후 최초로 백석 시인의 작품을 발굴 정리하여 "백석시전집"(창비, 1987)
을 발간하고 시인을 문학사에 복원시킴. 평론집 "잃어버린 문학사의 복원과 현장" 등 각
종저서 60권 발간. 신동엽문학상, 김삿갓문학상, 시와시학상, 정지용문학상 등을 받음.

부부, 부모와 자식, 연인, 친구 사이도 알고 보면 이 사랑이라는 굳은 신뢰와 불변의 기대가 바탕이 되어 온전한 삶을 이어가는 것이리라. 우정, 연정, 애정, 부부애, 믿음, 약속, 불변의 마음 따위로 다양한 말들이 이어지지만 알고 보면 모두 크나큰 사랑의 마음을 가리키는 것이 아니고 무엇이랴. 중국의 "후한서(後漢書)" '양표전(楊彪傳)'을 보면 '지독(舐犢)'이란 흥미로운 대목이 등장하나니 이는 늙은 어미 소가 송아지를 혀로 핥아서 사랑하는 것을 뜻한다. 인간이든 동물이든 진정한 사랑은 이처럼 뜨거운 스킨십으로 확인할 수 있다. 부모가 자식을 다정히 품에 안고, 할아비, 할미가 폭포와도 같은 사랑으로 손주를 껴안고, 부부와 연인이 서로 마주 안으며 등을 토닥이는 영화의 장면들은 얼마나 아름다운가? 특히 멀리 집을 떠나갔던 자식이 오랜만에 돌아와 반가움을 이기지 못하고 늙은 어미를 왈칵 등에 업었는데 그 체중의 가벼움에 불과 세 걸음을 못 떼고 울었다는 일본 시인 이시카와 타쿠보쿠(石川啄木, 1886~1912)의 시작품은 우리로 하여금 눈물을 솟구치게 한다.

과연 사랑이란 무엇이뇨?

일찍이 옛 선인들의 사랑론을 더듬어보면 셰익스피어(Willam Shakespeare, 1564 ~ 1616)의 작품 '로미오와 줄리엣'이 먼저 떠오르나니 '사랑이란 깊은 한숨과 함께 솟는 연기, 맑아져서는 연인의 눈동자에 반짝이는 불도 되고, 흐트러져서는 연인의 눈에서 샘솟는 눈물의 바다'가 된다고 했다. 또한 때로는 '분별하기 어려운 광기'이거나 '숨구멍이 막힐 정도의 고집'이기도 하고, 또한 자주 '생명을 기르는 맑은 샘물'이기도 하다는 비관과 낙관의 다양한 양면적 견해를 펼치었다. 그에 비해 실러(Friedrich von Schiller, 1761~1805)란 독일의 시인은 '희망이 없는 절박한 사랑을 해본 사람만이 진정한 사랑을 안다'란 고통스런 설파를 하였다. 스탕달(Stendhal, 1783~1842)은 그의 '연애론'에서 '열정적 사랑을 해보지 않은 사람은 인생의 절반밖에 살지 못한 것'이라고 꼬집었다. 그리하여 다시금 사랑을 곰곰이 성찰해보면 '사랑이란 악마이며 불이며, 천국이며 지옥이다. 그 모든 속성이 사랑 속에 모두 들어있다.' 이 말은 영국시인 반필드((Richard Barnfield, 1574~1620)의 말이니 이보다 더 정확한 사랑의 통찰이 어디 있겠는가? 이처럼 사랑이란 때로 두 번 다시 사랑을 하지 않겠다며 다짐하거나 영원히 사랑할 것이라는 그 모든 언약이 자기 뜻대로 되지 않는다는 것을 우리는 따갑고 아픈 경험을 통해 스스로 깨닫는다.

우리는 이 대목에서 "청구영언(靑丘永言)"에 등장하는 조선시대의 고시조 작품 하나를 가만히 음미하며 읊조려 본다.

사랑이 어떻더냐 둥글더냐 모나더냐
길더냐 짧더냐 밟고 남아 자(尺)일러냐
하그리 긴 줄은 모르되 끝 간 데를 몰라라

멀리서 바라보는 산위의 안개가 너무 아름다워 막상 산정으로 올라가면 그 안개를 전혀 볼 수가 없다. 이처럼 사랑은 맹목이고 좇으면 줄곧 멀리 달아나기만 한다. 처지와 경우에 맞지 않는 사랑을 옛 선인들은 '눈먼 사랑'이라 불렀다. 우리의 흘러간 날에 그 얼마나 '눈먼 사랑'에 애달파 하고 가슴을 쥐어뜯었던 것인가. 생각하면 할수록 청춘의 회한이 깊고 지나간 시간은 다시 돌아오지 않는다.

우리는 고전 속에 등장하는 슬픈 사랑을 목격하며 오랜 세월 이전의 사례지만 그 처절한 아픔과 고통에 함께 따갑고 쓰라린 경험을 동반한다. 아픈 사랑의 굴레에서 극심한 고통을 겪은 여성들로는 황진이, 허난설헌, 이매창, 홍랑, 이옥봉의 사례를 떠올릴 수 있을 터이다. 그중 이옥봉(李玉峯, 1392~1896)의 처절한 사랑법은 시대를 초월하여 너무도 가슴이 아리고 따갑기까지 하다. 옥봉은 조선왕조 선조 때 옥천군수 이봉의 서녀(庶女)로 태어났다. 그러한 출신배경 때문에 옥봉은 운강 조원이란 남성의 소실로 살아갈 수밖에 없었다. 하지만 운강은 옥봉이 절대 시 따위를 쓰지 않겠다는 맹세를 요구했다. 운강을 사랑하는 옥봉은 이 약속을 수락하고 그의 소실이 되었다. 하지만 어쩔 수 없이 약속을 어기게 된 일이 발생했다. 옥봉의 옛 몸종이 소도둑으로 몰려 투옥되자 그를 구출하기 위해 파주목사에게 탄원서로 시 한수를 지어서 보냈다. 그 유려한 문장에 감탄한 목사는 옥봉의 몸종을 즉시 석방시켜 주었다.

이 소문을 알게 된 낭군 운강은 서로의 굳은 약속을 어겼다는 이유로 옥봉을 박절하게 내쫓고 말았다. 사랑했던 사람에게 모질게 버림받고 시조차 못 쓰게 된 옥봉은 삶의 의미마저 사라져버렸다. 그동안 썼던 모든 시작품을 기름종이 두루마리로 만들어 허리에 둘둘 감고 단단히 묶은 채 서해바다에 몸을 던졌다. 옥봉의 시신은 물결 따라 흐르고 흘러 중국의 어느 바닷가 바위틈에서 발견이 되었다. 시신의 허리에 감긴 시작품을 중국의 지식인들이 읽어본 뒤 감탄했다. 그리곤 옥봉 시집을 발간해서 세상에 알렸는데 조선의 사신들이 북경에 갔다가 그 소식을 듣고 책을 구입해 와서 국내에 널리 알려졌다고 한다. 숙종시대에 "가림세고(嘉林世稿)"란 시문집이 발간되었는데, 그 책의 부록으로 이옥봉 작품이 수록되었다. 현재 전하는 옥봉의 대표시 '몽혼(夢魂)'이라는 작품은 우리의 애간장을 토막토막 끊어낸다. 사랑하는 님을 다시는 만나지 못하고 애타는 그리움을 담뿍 실어서 시로 써야만 했던 슬픈 운명의 여인 이옥봉. 그의 작품 속으로 잠시 들어가 보자.

요사이 안부를 묻사오니 어떠하신지요
창문에 밝은 달 비치지만 이 몸의 한은 끝이 없습니다

제 꿈의 넋이 발자취를 내었다면
그대 문 앞의 돌길이 모래가 되었겠지요

　　　　　-이옥봉의 시 '몽혼(夢魂)' 전문

　한국의 현대시사에서도 사랑의 저력을 바탕
으로 자신의 시세계를 구축한 시인들이 많았으
니 저 유명한 평북 곽산의 김소월, 충남 홍성 출
신의 승려시인 한용운을 우선 손꼽을 수 있다.
소월의 경우 그의 모든 시적 모티브와 감성이 사
랑으로 빚어지는 애달픔과 서러움, 안타까움과
처연함으로 가득 차 있다. 실제로 소월은 경제적
으로 몹시 곤궁하던 시절에 한 여인을 사랑했고,
그 사랑을 더욱 키워가지 못해 괴로워하며 몸부
림치다가 스스로 생을 마감했다는 추측이 무성
하다. '초혼(招魂)' '진달래꽃' '못 잊어' '가는 길'
'개여울' '옛 사랑' 등만 읽어보더라도 온통 사랑
의 몸부림과 애타는 탄식의 절규로 가득하다.
　만해 한용운 시인의 경우는 시집 "님의 침묵"

그 한 권이 온통 사랑했던 한 여인에게 바쳐진 헌시(獻詩)라는 관점이 있거니와 시집에 수록된 전체작품의 화법이 아주 부드럽고 은은한 여성화법으로 구사된 모습을 쉽게 확인할 수 있다. 오직 활화산처럼 타오르는 뜨거운 사랑 속에서 그들의 시정신이 분출되었던 것이다. 그러한 사례는 문학사에서 얼마든지 흔하게 찾아볼 수 있다.

2

첫 시집을 발간하는 강인주의 시적 감성을 꿰뚫고 흐르는 감성은 오로지 사랑에 대한 통찰과 고백이다. 그리고 그것은 아픔과 시련, 고뇌와 미련 따위로 빼곡히 점철되어 있다. 그 사랑을 가슴에 담고 있을 때는 온통 고통 그 자체였지만 이제 격정의 시간들이 모두 흘러간 뒤에

시인의 가슴 속에 남은 사랑의 양태는 하나의
사리(舍利)나 보석과도 같다.

> 오래 된 보석 같은
> 애처로운 몸 빛
> 반짝이다 지친 그 눈빛
> 내 것이 되었기에 이젠 잊혀진
> 그 참 빛
> 눈부시지 않아도
> 내 눈물 걷어내기 충분한
> 둔탁한 오랜 세월 다 품고 있더라

-시 '순정' 부분

그 오랜 사랑의 시간들은 모두 떠나간 것이
아니라 항상 세월의 경과를 촘촘히 기록해둔 일
기장 속에 석류알처럼 들어있음을 발견한다. 시
'낡은 일기장'이 그것을 확인시켜 준다. 앞서 언
급했던 사랑론 가운데 맹목성이란 것이 있었는
데 강인주의 시 '그래도 될까요'는 이런 부분을

알게 해준다. 사랑은 이처럼 맹목성의 미학인지
도 모른다. 얼마나 오랜 세월을 가슴 속에 비밀
스런 사랑을 품어왔던가. '앞을 보지 못해 부딪
치는' 그 처연한 맹목성도 주저하지 않는다. 그
저 맹목적 기다림으로 고통의 시간을 버틴다. 어
떤 위기도 어떤 절박성도 모두 기꺼이 감내할
태세로 버티는 것이다.

저 유리병 속에 갇힌
천 번 접은 종이학만큼
그 기다림의 시간만큼

때론 앞을 보지 못해 부딪치고
때론 막다른 길이라
되돌아온 시간만큼

힘겹게 견뎌왔던
온전히 나이지 못한
어제의 그 기나긴 날들만큼

더위에 지쳐 쓰러지고

추위에 떨어 움츠리는 거밖엔 아무것도 할 수 없었던
꺼져가는 촛불에 안타까워 눈물 흘리기만 했던
그 여리고 나약한 시간만큼

이젠 그만큼 딱 그만큼만
나 당신을 사랑해도 될까요

-시 '그래도 될까요' 전문

모든 사랑은 시작할 때 이미 이별을 전제로 하고 있다. 하지만 맹목성에 함몰되어 있으므로 그 슬픈 이별을 전혀 감지하지 못한다. 사랑은 틈날 때마다 그 사랑의 확인과 불변성을 무수히 반복하고 다짐한다. 하지만 그것은 뒤집어 생각해보면 이별의 불안성에 대한 조바심 때문이다. 시 '하얀 우산'에서 우산이란 시적 도구는 과거와 현재를 이어주는 매개물이자 연결 장치이다. 우산을 볼 때마다 흘러간 사랑의 시간을 반추하게 되는데 우산은 시작품 속에서 진작

준비된 이별을 연상시켜주는 보조적 도구이다.

　　그대 우산
　　내게 건네주며 하던 말

　　우리 다시
　　만나지 못할 날 오더라도
　　이 우산을 가지러
　　널 꼭 다시 찾을 거야

　　신발장 속
　　그 하얀 우산
　　버리지 못하고 우두커니

　　그대 기억에서 이젠 지워진
　　그 우산

-시 '하얀 우산' 전문

　　사랑으로 뜨겁던 과거시간은 모두 떠나가고 현실 속에 자리하고 있지 않지만 시적화자는 사랑의 대상을 가슴 속에 여전히 품고 있다. 그것은 세속적 미련이 아니라 오히려 윤회설에 바탕한 믿음을 전제로 하고 있는 듯하다. 비유컨대 만해 한용운이 시 '님의 침묵'에서 '타고남은 재가 다시 기름이 된다'는 것과 '님은 가셨지만 나는 님을 보내지 아니하였습니다'라는 시적 사유와 적절히 부합된다.

세월은 나를 놓아버려도
너를 놓지 않은 나는
오늘도 바람에 묻어서만이
네 곁에 눕는다

-시 '어떤 날' 부분

사랑이란 것은 그 사랑을 위해선 어떤 고통도 불사할 태세가 되어있으리라. 설령 장미가시에 찔리더라도 사랑의 대상을 잊지 않을 수만 있다면 그것을 감내할 태세가 충분히 되어 있다.(시 '꽃에게') 시적 대상에 대한 사랑과 오로지 혼연일체를 이루고자 하는 마음이 사랑의 진심일

것이다. 발자국마저 포개어 따르려는 물아일체
의 마음(시 '발자국')은 실로 눈물겹기까지 하다. 시
적 대상이 떠난 자리는 크나큰 공허로 다가온
다. 그것은 마음의 상처이자 허탈감이다. 시인은
그 텅 빈 공간을 의식하며 자신의 현재성을 깨
닫는다.(시 '무엇으로 채워야 하나요')

　　사랑과 더불어 보냈던 모든 추억은 시인의
가슴에 오롯하게 남아있다. 그것은 그 누구도
다치거나 탈취해갈 수 없다. 그것의 자리는 요
지부동으로 반석 위에 앉아있다. 신념의 자세는
다부지지만 사랑의 마음은 항시 불안하고 암담
하며 좌불안석이다. 때로는 초조하고 자신이 무
척 초라해 보일 때가 잦다. 그것은 자칫 자신감
의 결여로 이어지기가 십상이다. 하지만 시인은
흘러가는 강물의 엄정함을 하나의 진리로 여기
고 그 사실에 심신을 의탁한다. 그 심리적 배경
에는 늘 님의 부재에 대한 불안과 두려움이 깔
려 있다. 시 '그는 창문을 열지 않는다'에서는

이미 님의 부재에 대한 확인이 나타나고 있는 것이다.

그 때문에 살아가는 시간의 빛깔은 언제나 어둡고 우울하다. 그것은 마치 기나긴 터널 속에 방치된 느낌처럼 갑갑하고 폐쇄적 공간에 유폐된 느낌이다. 늘 그 공간을 일탈하려는 지향을 갖고 있다. 가장 고통스러운 것은 님의 부재로 말미암아 빚어진 고독감, 혹은 고립감이다. 시적 화자가 가장 의지하는 심리적 기능은 바로 '기다림'이라는 공간성이다. 돌아오지 않는 님을 하염없이 기다리는 동안 시인은 일정한 안정화 평화를 경험하게 된다. 하지만 시도 때도 없이 기습하는 불면과 눈물은 따가운 가시로 심장을 찔러댄다. 그 고통을 감내하지 않으면 도저히 정상적 삶을 지속할 수가 없다. 모든 삶의 중심과 지향이 오로지 그대를 향해 고정되어 있는 것이다.

때로는 나의 내부에서 그대를 휘몰아내어도 보지만 그대는 오히려 시적화자의 눈동자 속으로 들어와 천연덕스레 앉아있다. 이 얼마나 속이 상하고 애타는 일인가? 이러한 위기적 정황을 돌파해 가는 최선의 방법 중 하나로는 야생화의 강인함과 그 상징성을 배우고 닮을 필요가 있다. 또 때로는 님이 바로 내 곁에 당도해 있다는 확신으로 심리적 안정을 확보하는 상상을 실감하기도 한다. 거울 속의 자화상을 들여다보며 스스로를 위로하는 눈물겨운 모습도 보인다. 그것은 하나의 안간힘이다. 그대와의 아름다웠던 추억을 되새기는 방법은 현재의 고통을 이기는 중요한 질료(質料)가 되기도 한다. 가장 중요한 확신은 님이 내 곁을 떠나지 않고 내 마음 속에 그대로 남아있다는 상상이다.

원래 있지도 않은 듯
서둘러 뒷걸음치는
그 숱한 계절들이 지나고
지나고 또 지나가도

당신은 아직 내 맘에
그대로 머물러 있습니다
원래 없지 않은 듯

-시 '원래 없지 않은 듯' 부분

3

이런 정황 속에서 몹시 위험한 것은 자학과
소외감이다. 그것은 건강한 일상의 리듬을 좀먹
고 무차별적으로 파괴한다. 그러한 위기에 함몰
되지 않기 위해서 무엇보다도 먼저 요구되는 것
은 현재적 삶에 대한 행복감의 회복과 확신이
다. 이상의 여러 관점과 분석을 거친 정점에서
우리는 한 편의 멋진 작품을 이 시집에서 발견
하고 감탄한다. 시 '삶이란'이 그것이다. 이 작품
에는 대자연에 대한 경배와 수용, 일상성과 행복

에 대한 긍정적 자세, 작은 기쁨도 즐길 줄 아는 시적자아의 애착과 사랑스러운 삶의 자세가 담겨 있다. 그 리듬은 작품 속에서 끊임없이 약동하고 출렁인다. 모든 위험을 극복하고 마침내 스스로 쟁취하는 일상성의 회복. 바로 그것이 시적 화자가 추구하는 행복의 핵심이 아닌가 한다.

소리 없이 젖어드는 봄비에도
온몸 내어주는 끝없는 대지와
어머니 같은 흙의 풋풋한 생기
사계절 내내 기쁨과 감격 선사하는
저 눈부신 하늘

누이의 정겨운 노랫소리와
내 치맛자락 잡아당기는
눈동자에 슬기 가득 담은 어여쁜 아기
동네아이들의 해맑은 웃음소리

낡은 소파에서 담요 덮고
책 읽다 스르르 졸고 계신 할머니의
눈송이 같이 곱고 하얀 머리칼

따뜻이 포근하게
잠자리에 드는 일
그리고 또 하나의 새로운
아침을 맞이하는 일

-시 '삶이란' 전문

　강인주의 시집에는 소나기 같은 사랑과 그로
말미암은 고통의 극단을 경험한 뒤 그 수렁에
빠져 허우적거리지 않고 마침내 자신을 스스로
구원시켜내는 변증법적 승리의 도달과 행복론이
담겨져 있다. 만약 사랑의 실패로 말미암은 비극
성과 자기학대, 비애감에만 깊이 함몰되어 있다
면 이 시집의 진정한 의미와 생명력은 살아나지
못했을 것이다. 그런 비평적 해석의 관점에서 시
'삶이란'은 강인주 시집이 추구하는 삶의 가치관
인생관이 보여주는 승리의 구가이다. 아름다운
결말과 매듭을 축복하는 바이다.

시인의 말

학창시절부터 산문이나 소설보다는 마음속 깊은 감성을 끌어내는 함축의 시가 참 좋았습니다. 대학을 다니면서도 시집은 언제나 제 곁에 있는 다정한 벗이었습니다.

그나마 간간이 읽어가던 시집들도 바쁜 병원 일과 때문에 책장 한구석에서 저를 기다리고 일이 많았습니다. 서점에 들러 한 권씩 구입하던 시집들과 더불어 제 시적 감성을 간직해온지 어느 덧 세월이 한참 흘렀습니다. 지금까지 치과의사 생활을 하면서도 좋은 시를 쓰고 싶다는 열망 하나 만큼은 언제나 제 옆에 자리하고 있었습니다.

이제 다시 그 시집들을 꺼내 들고, 시인들의

감성을 그냥 뒤따르기만 하는 것에서 벗어나 오롯이 나만의 시를 짓고 나만의 개성을 구축하려는 노력을 했습니다. 이제 그 소박한 첫발을 내딛는 것입니다. 시 읽기와 창작생활은 앞으로도 줄곧 이어질 것입니다.

　부족한 것이 부끄럽고 선뜻 내어놓기에 주저가 있었지만, 크게 용기 내어 발간한 제 첫 시집을 격려해 주시기 바랍니다. 시를 사랑하는 독자들의 피로한 삶에 따뜻한 위로와 긍정적인 여운이 남는 그런 시를 써서 보내드리는 좋은 시인이 되고 싶습니다.

2021년 7월

낡은 일기장을 닫다 _ 강인주 시집

글 강인주 | **발행인** 김윤태 | **발행처** 도서출판 선 | **북디자인** 디자인이즈
등록번호 제15-201 | **등록일자** 1995년 3월 27일 | **초판 1쇄** 발행 2021년 9월 30일
주소 서울시 종로구 삼일대로 30길 23 비즈웰 427호 | **전화** 02-762-3335 | **전송** 02-762-3371

값 13,000원
ISBN 978-89-6312-607-4 03810

본문 사진ⓒ김중만